Lustige Streiche der Leute von Mols

Illustriert von

POUL LUNDSGAARD

Elles Forlag - Ebeltoft
1998

DER STORCH UND DER HIRTE

In einem Sommer, als das Korn auf den Feldern in voller Reife stand, hatten die Bewohner aus Mols Besuch von einem Storch bekommen. Dieser hatte die schlechte Angewohnheit, auf dem Feld hin und her zu stolzieren, um Frösche zu fangen. Die Bewohner aus Mols sahen das als eine recht schlimme Geschichte an, da sie bange waren, dass der Storch das ganze Korn auf dem Feld niedertreten würde. Sie überlegten lange hin und her, wie sie es anstellen sollten, ihn wegzujagen.

Zuletzt einigten sie sich, dass der Hirte in das Kornfeld gehen sollte, um den Storch zu vertreiben. Aber als er sich gerade anschickte das Kornfeld zu betreten, entdeckten sie, dass er entsetzlich grosse und breite Füsse hatte, und sie befürchteten, dass er mehr Korn niedertrampeln würde als der Storch. Da standen sie nun und wussten keinen Rat. Endlich hatte einer von ihnen einen guten Einfall. Er machte den Vorschlag, dass man den Hirten in das Feld hineintragen sollte, auf die Art könnte er doch jedenfalls das Korn nicht niedertreten. Das erschien allen als ein guter Rat. Sie hoben das Gatter aus den Angeln, und der Hirte setzte sich darauf, und acht Mann trugen ihn in das Kornfeld, um den Storch hinauszujagen. Auf diese Weise zertrat der Hirte kein Korn mit seinen grossen Füssen.

DER KOPFLOSE MANN

Eines Morgens zogen die Leute aus Mols in den Wald, um Bäume zu fällen. Als sie so weit in einen Baumstamm hineingeschlagen hatten, dass sie meinten, den Baum umstürzen zu können, entdeckten sie, dass sie vergessen hatten ein Tau mitzunehmen, um den Baum damit herunterzuziehen.

Es dauerte jedoch nicht lange bis ihnen ein Gedanke kam. Sie wurden sich leicht einig, dass einer von ihnen auf den Baum klettern und seinen Hals in eine Astgabel legen sollte. Die anderen sollten dann an seinen Beinen ziehen und versuchen, auf die Art den Baum zu fällen. Gesagt, getan. Einer von ihnen legte mutig seinen Hals zwischen zwei Zweige, und die anderen zogen aus Leibeskräften an seinen Beinen.

Leider jedoch misslang dieser wohldurchdachte Plan völlig. Beim ersten Ruck nämlich fiel der Körper des Mannes auf die Erde, während sein Kopf im Baum hängen blieb. Darüber waren sie alle sehr erstaunt, aber da nichts zu machen war, legten sie den kopflosen Körper auf einen Wagen und fuhren ihn zu seiner Frau.

Sie fragten sie, ob ihr Mann seinen Kopf mitgehabt hätte, als er morgens fortging. "Dass kann ich nicht recht erinnern," anwortete die Frau. Als sie jedoch einen Augenblick nachgedacht hatte, rief sie aus: "Ja, selbstverständlich hatte er seinen Kopf mit, denn er ass ja Kohl mit ihm heute morgen ehe er wegging."

DER EISERNE TOPF

Ein anderes Mal kamen einige Leute aus Mols in die Küche bei einem Kaufmann in Aarhus, während das Mädchen einen grossen eisernen Topf mit Erbsen vom Feuer nahm. Sie setzte ihn auf den Boden, wo er weiterkochte, und das erschien den Leuten aus Mols sehr merkwürdig. Sie wollten sofort solch einen Topf haben, in dem man ohne Feuer kochen konnte, denn Brennholz war knapp auf Mols. Sie fragten den Kaufmann, was er für den Topf haben wollte und kauften ihn für einen sehr hohen Preis.

Froh zogen sie mit ihrer Beute heimwärts, begeistert darüber, dass sie in Zukunft kein Feuer im Herd mehr zu machen brauchten, um ihr Essen zu kochen, denn jetzt hatten sie ja einen Topf, der allein kochte. Aber ihre Ungeduld war so gross, dass sie nicht damit warten konnten, den Topf auszuprobieren bis sie nach Hause kamen. Sie wollten sich gleich während sie segelten, im Boot eine Portion Erbsen kochen. Einer von ihnen nahm den

Topf und tauchte ihn ins Meer, um Wasser zum Erbsenkochen zu schöpfen. Unglücklicherweise fiel ihm der Topf aus der Hand und sank auf den Meeresgrund. Was sollten sie nun tun, um den Topf wiederzubekommen? Nach vielem Hin und Her beschlossen sie, dass einer von ihnen auf den Meeresgrund hinunter sollte, um den Topf zu holen. Die anderen sollten in der Zwischenzeit mit dem Boot ruhig liegenbleiben und auf ihn warten. Einer sprang also aus dem Boot, um den Topf zu holen. Als er jedoch ziemlich lange ausblieb, begannen die anderen sich darüber zu unterhalten, aus welchem Grunde er nicht zurückkäme.

Die meisten meinten, dass der Topf zu schwer für ihn sei, und sie beschlossen, dass ein anderer hinuntersteigen sollte, uhm ihm zu helfen. Der andere sprang also hinunter, aber auch er kam nicht zurück.

Als sie nun lange gelegen und auf die beiden gewartet hatten und nicht begreifen konnten, wo sie blieben, sagte der ungeduldigste von ihnen: "Jetzt wollen wir nicht länger auf sie warten, sie müssen unten entlang gegangen sein, um vor uns zu hause zu sein!" Sie ruderten aus Leibeskräften und kamen tatsächlich vor den beiden, die den Topf holen sollten, zu Hause an.

DAS GEWEHR UND DER MOND

Eines Tages wollte ein Mann die Bewohner von Mols zum besten halten und bildete ihnen ein, dass Krieg im Lande ausgebrochen sei, und dass der Feind bald kommen würde, um ihre Halbinsel zu erobern. Sie erschraken natürlich sehr und beschlossen das Land gut zu befestigen.

Aus dem Grund schickten sie eine kleine Gruppe von Männern nach Aarhus, um ein Gewehr zu kaufen. Bei einem Kaufmann fanden sie nach einigem Suchen ein altes verrostetes Schiesseisen, das an einem Balken unter der Decke hing. Sie fragten was es kostete und bekamen es für einen ziemlich hohen Preis. Aber jetzt mussten sie ja ausprobieren, ob es schiessen konnte. Keiner von ihnen hatte den rechten Mut, den Versuch zu wagen. Sie wurden sich jedoch recht bald einig, dass einer von ihnen das Gewehr

halten und schiessen sollte, während die anderen in einer Reihe dahinter standen und einander festhielten.

Sie gingen hinunter zum Strand, stellten sich auf, und der vorderste zielte hinüber nach Mols und schloss ab. Im selben Augenblick erhielt er von dem alten, rostigen Gewehr, das viele Jahre nicht gebraucht worden war, einen ordentlichen Stoss, so das er auf den Rücken fiel und alle anderen umwarf. Allmählich erholten sie sich von dem Schreck und standen wieder auf, da aber bekamen sie einen noch grösseren Schrecken. Der Mond war gerade über der Halbinsel aufgegangen, und da er glühend rot war, glaubten sie, dass sie ihr eigenes Land in Brand geschossen hätten. Entsetzt warfen sie das grässliche Gewehr ins Wasser, stürzten in ihr Boot und ruderten heimwärts.

Etwas später, als der Mond höher am Himmel stand, sahen sie, dass sie sich geirrt hatten, und nun wünschten sie, dass sie ihr Gewehr nicht so voreilig auf dem Grunde des Meeres begraben hätten.

DAS BOOT IST LECK

Die Männer aus Mols wollten einst segeln, doch da sie ihr Boot lange Zeit nicht gebraucht hatten, war es leck geworden und stand nun halb mit Wasser gefüllt da, so dass sie nasse Füsse bekommen mussten, wenn sie an Bord gingen. Nun wussten sie nicht was zu tun sei.

Doch wenn die Not am grössten ist, ist die Hilfe am nächsten, und als sie einige Zeit darüber nachgedacht hatten, fand einer einen Rat.

"Lasst uns ein Loch ins Boot bohren," sagte er, "dann wird das Wasser schon ablaufen." Dieser Rat erschien allen gut, und sie bohrten sogleich ein grosses Loch in das Boot. Aber an dem Tag wurde nichts aus der Bootsfahrt!

DAS "SCHIFFSJUNGE"

Als die Bewohner aus Mols einmal in Aarhus waren, sahen sie ein Schiff mit einer Jolle im Schlepp vorbeisegeln. Sie überlegten lange, was das wohl sein könne. Einige meinten, es wäre ein Seehund, andere meinten, es wäre ein Walfisch. Als es jedoch näher kam, sahen sie, dass es ein Schiff war, und dann musste die Jolle ja wohl sein Junges sein. Sie hatten lange schon den Wunsch gehabt, ein grosses Schiff zu besitzen, aber sie hatten nie die Mittel gehabt, eins zu kaufen. Deshalb kam ihnen jetzt der Gedanke, das Junge zu kaufen, denn sie hofften, dass es bald wachsen und so gross wie seine Mutter werden würde. Sie handelten mit dem Schiffer und erhielten schliesslich das Junge und zogen damit davon.

Als sie an Land gekommen waren, machten sie das Schiffsjunge am Strand fest, wo herrliches grünes Gras wuchs. Sie wechselten den Standort täglich. Da es jedoch nach einem Monat nicht den Anschein hatte, als sei das Schiff grösser geworden, beratschlagten sie, wie sie es anstellen sollten, es zum Wachsen zu bringen. Sie einigten sich, es auf ihre fetteste Weide zu schicken, denn da, meinten sie, müsste es doch gedeihen.

Als aber wieder ein Monat verstrichen war, war das Schiff keine Spur grösser geworden. Die Bewohner aus Mols waren nun davon überzeugt, dass man sie betrogen hatte, und sie machten sich selbst den Vorwurf, dass sie ein krankes und armseliges Etwas gekauft hatten, aus dem nie etwas werden würde.

Einer von ihnen schlug vor, dass sie es entweder umtauschen oder dem Schiffer zurückbringen sollten, damit es noch ein Jahr bei seiner Mutter sein könnte. Das erschien ihnen allen als ein guter Vorschlag, und sie segelten sofort mit dem Jungen zurück.

Als sie sich dem Schiff näherten, begann die Jolle auf dem Wasser zu tanzen. "Es ist doch noch Leben in ihm," sagte der älteste von ihnen. "Seht, wie der Ärmste sich freut, zu seiner Mutter zurückzukommen!" Sie gaben dem Schiffer eine grosse Summe Geldes, damit das Junge noch ein Jahr bei seiner Mutter bleiben durfte, bis es selbst gelernt hatte Gras zu fressen.

DAS LOCH

Die Leute aus Mols sollten einmal einen Brunnen graben. Beim Ausgraben hatten sie einen grossen Haufen Erde übrig, und sie wussten nicht recht, was sie damit anfangen sollten, da er ja nicht einfach liegenbleiben konnte. Einer hatte den Einfall, an einer anderen Stelle ein loch zu graben und die Erde dort hineinzutum.

Das erschein allen als ein guter Vorschlag, aber etwas später kamen einem jedoch Bedenken: "Ja, aber was sollen wir dann mit dem Haufen Erde machen, den wir übrig haben, wenn wir das neue Loch gegraben haben?" Der klügste unter ihnen antwortete: "Ja, das ist doch ganz einfach! Wir graben das Loch natürlich so gross, dass beide Haufen auf einmal darin Platz haben!"

DIE TASCHENUHR

Einmal fanden einige Bewohner aus Mols eine Taschenuhr auf dem Weg. Sie sammelten sie auf und betrachteten sie mit Erstaunen, da niemand von ihnen wusste, was das für ein Ding sei.

Plötzlich hörte der eine, dass es innen in der Uhr tickte. Er meinte gleich, dass das der Teufel sein müsste, der in der Uhr sass und warf sie entsetzt von sich.

Daraufhin nahm der älteste von ihnen einen grossen Stein und warf ihn auf die Uhr, die entzweiging und natürlich aufhörte zu ticken. Nach dieser Heldentat beugte er sich nieder und legte sein Ohr an die Uhr, um zu hören, ob sie noch tickte. Als er jedoch nichts hörte, sagte er zu den anderen: “Da könnt Ihr sehen, ich konnte ihn zum Schweigen bringen!” Und stolz darüber, dass sie den gefährlichen Feind überwunden hatten, gingen sie ihrer Wege und liessen die Reste der Uhr liegen.

DIE BEINE

Die Leute aus Mols waren einmal nach der Ernte in eine grosse Verlegenheit geraten. Sie hatten sich in einem Kreis auf die Erde gesetzt, aber als sie sich wieder erheben wollten, konnte keiner seine eigenen Beine finden.

So blieben sie also ruhig auf der Erde sitzen, denn sie glaubten, dass sie nicht aufstehen könnten, bevor sie herausgefunden hatten, wem die Beine gehörten. Glücklicherweise kam jedoch bald ein Mann des Weges, den sie um Hilfe bitten konnten. Erst zeigte er jedem Mann welche Beine ihm gehörten und bat ihn, sie herauszuziehen und aufzustehen.

Da das jedoch nichts nützte, sann er auf etwas anderes. Er nahm seinen Stock und schlug einem nach dem anderen über die Beine, und als sie die Schläge auf ihren Beinen fühlten, sprangen sie eilig auf.

DIE KRÖTE UND DER SALZHERING

Ein Mann aus Mols war nach Ebeltoft geritten, um einige Salzheringe einzukaufen. Da er nichts hatte, worin er sie aufbewahren konnte, hängte er sie an einer Schnur an den Sattelknauf. Unterwegs machte er bei einem Wirtshaus Halt, um etwas zu trinken. Die Heringe liess er am Pferd hängen. Als er etwas getrunken hatte, bekam er Appetit auf einen Hering und ging hinaus, um einen zu holen. Als er einen Hering nehmen wollte, fiel dieser ihm auf die Erde. Er bückte sich, um ihn aufzuheben, berührte jedoch im selben Augenblick eine grosse Kröte.

Als er merkte, dass diese sich bewegte und weghüpfen wollte, glaubte er, da das Bier ihn etwas benebelt hatte, dass der Hering lebendig geworden sei. Er griff schnell danach, um ihn zu essen. Und als er das Krabbeln im Mund verspürte, sagte er: “Ja, ob Du nun kribbelst oder krabbelst, runter musst Du trotzdem”.

DIE SONNE

Drei Bewohner aus Mols gingen eines Abends bei Sonnenuntergang von der Fuglsöwirtschaft nach Hause. Dabei unterhielten sie sich darüber, wie es angehen könne, dass die Sonne immer im Westen unter- und im Osten aufgehe.

Der älteste unter ihnen, der meinte, dass er der klügste sei, sagte zu den anderen: “Das kommt daher, dass sie nachts unter uns entlanggeht”. “Nein,” sagte der zweite, “Sie geht ganz nach Norden, so weit, dass wir sie nicht sehen können.”

“Ihr seid ganz schön dumm, Ihr beiden,” erklärte jetzt der dritte, “sie geht natürlich nachts denselben Weg zurück, den sie am Tage gekommen ist, aber dann ist es ja ganz dunkel, und man kann sie nicht sehen.”

DER HUMMER

Ein alter Bewohner aus Mols hatte gehört, dass ein norwegisches Schiff nach Ebeltoft gekommen sei. Da er noch nie einen Norweger gesehen hatte, beschloss er, hinzugehen und sie zu begrüssen. Er ging zum Hafen und über die Anlegebrücke auf das Schiff. Es war nirgends eine Menschenseele zu sehen, denn sie waren gerade alle an Land gegangen. Aber einige Hummer, die aus einem Korb geschlüpft waren, krochen an Deck umher.

Der Alte glaubte, dass das die Besatzung des Schiffes sei, gab einem von ihnen die Hand und sagte: “Guten Tag, guter Mann!” Aber der Hummer biss ihn, so dass er schrie. Als er seine Hand wieder freibekommen hatte, sagte er: “Das ist eine kleines Volk, diese Norweger, aber handfest, das sind sie!”

DIE KIRCHENGLOCKE

Die klugen Leute aus Mols befürchteten, dass der Feind nach Mols kommen würde, und da sie noch kein Gewehr hatten, um ihr Land damit zu verteidigen, begannen sie vor dem Zugriff des Feindes zu retten, was zu retten war. Zu allererst wollten sie das retten, was ihnen am liebsten war, nämlich ihre Kirchenglocke.

Mit viel Mühe bekamen sie sie endlich vom Kirchturm herunter, aber sie konnten sich lange nicht darüber einigen, wo sie sie am besten verstecken sollten, damit der Feind sie nicht finden konnte. Zuletzt kamen sie auf den Gedanken, die Glocke im Meer zu versenken.

Sie schleppten die Glocke hinunter zu einem Boot, ruderten sie weit hinaus auf das Meer und warfen sie ins Wasser. Als das getan war, wurden sie plötzlich unruhig und fragten einander: “Ja, nun haben wir die Glocke gut versteckt, aber wie sollen wir selbst sie wiederfinden, wenn der Feind eines Tages aus dem Land vertrieben ist?”

Da sprang der klügste unter ihnen auf und sagte: “Das ist doch ganz einfach! Wir markieren die Stelle.” Und er zog sein Messer aus der Tasche und schnitt eine tiefe Kerbe in das Boot auf der Seite, wo sie die Glocke hinausgeworfen hatten. Darauf ruderten sie fröhlich wieder nach Hause, denn jetzt waren sie sicher, dass sie die Glocke wiederfinden könnten.

DER TELEGRAF

Die Landmesser errichteten eines Tages lange Stangen auf Mols, und als die Bewohner fragten, was das zu bedeuten hätte, erzählte man ihnen, dass das Telegrafenmasten wären, und dass man mit deren Hilfe Telegramme weit weg senden könnte.

Das schrieb ein alter Bewohner aus Mols sich hinter die Ohren, da er einen Sohn hatte, der weggereist war. Er beschloss, ihm per Telegraf ein Paar neue Stiefel zu senden. Abends ging er deshalb zu einem der Masten, hängte die Stiefel und einen Brief daran und ging ruhig wieder nach Hause.

Kurze Zeit darauf kam ein wandernder Handwerksbursche vorbei und sah die neuen Stiefel dort hängen. Er sah sie als ein Geschenk des Himmels an, und da seine eigenen Stiefel sich in einem sehr schlechten Zustand befanden, zog er sogleich die neuen an und hängte die alten dafür auf.

Am nächsten Morgen kam der Alte wieder hin, um zu sehen, ob der Telegraf die Stiefel abgeschickt hatte, und als er die alten Stiefel dort hängen sah, rief er freudig aus: “Das nenne ich schnelle Beförderung, da hat mein Sohn die Stiefel bekommen und mir schon gleich seine alten zurückgeschickt, und wie mir scheint hat er sie notwendig gebraucht, denn die alten sehen ganz schön mitgenommen aus.”

DER SALZHERING UN DER AAL

Die Bewohner aus Mols hielten sehr viel von Salzheringen, aber in einem Jahr waren sie so teuer, dass sie sie kaum bezahlen konnten. Sie überlegten sehr, wie sie es umgehen konnten, jedes Jahr wieder Heringe kaufen zu müssen. Derjenige unter ihnen, der als der klügste galt, meinte, dass wenn frische Heringe sich im Wasser vermehrten, eingesalzene Heringe das doch auch können müssten.

Er riet ihnen daher, sich ein für alle mal in Aarhus eine Tonne Salzheringe zu kaufen und diese im Dorfteich auszusetzen. Wenn die Salzheringe sich dann vermehrt hätten, könnten sie jedes Jahr so viele Salzheringe fischen, wie sie Lust hätten. Das erschien ihnen als ein guter Rat, und sie schickten sogleich einige ihrer Leute nach Aarhus, um eine Tonne Salzheringe zu kaufen. Diese wurden in den Dorfteich geworfen, damit die Heringe sich bis zum nächsten Jahr in aller Ruhe vermehren konnten. Als sie jedoch im nächsten Jahr mit ihrem Netz kamen, um die Salzheringe zu fangen, konnten sie, so sehr sie sich auch bemühten, nicht einen einzigen erwischen.

Nach vielen Anstrengungen bekamen sie jedoch zuletzt einem grossen fetten Aal ins Netz. Sie waren sich sofort darüber im klaren, dass das der Dieb war, der ihre Salzheringe gefressen hatte, und sie waren sich einig, dass er den härtesten und schmerzhaftesten Tod erleiden sollte. Aber welche Strafe sollten sie ihm geben? Einige wollten ihn verbrennen oder hängen lassen, andere ihn zu Tode peitschen oder ihn lebendig in Stücke schneiden.

Schliesslich trat ein alter Mann vor, der einmal kurz vorm Ertrinken gewesen war. Da ihm der Aufenthalt in dem salzigen Wasser nicht in sonderlich guter Erinnerung war, meinte er, dass es dem Aal ähnlich gehen müsste. Er schlug daher vor, dass sie sich auf das offene Meer hinausbegeben sollten, um den Aal dort zu ertränken.

Dieser Rat erschien ihnen allen gut, und sie setzten sich in ein Boot und ruderten mit dem Aal so weit hinaus aufs Meer, dass er nicht wieder an Land schwimmen konnte. Als sie meinten, weit genug hinausgerudert zu sein, setzten sie ihn ins Wasser.

Der Aal, dem es nicht sonderlich gut gefallen hatte, so lange auf dem Trockenen gewesen zu sein, freute sich, wieder in sein rechtes Element zu kommen und schlug mit dem Schwanz, sobald er ins Wasser gekommen war. Als der Alte das sah, sagte er zu den anderen: “Seht Ihr, wie er sich windet? Ihr könnt sicher sein, dass das ein harter Tod für ihn ist.”

DIE NASEN

Die Rechenkunst der Leute aus Mols wurde einmal auf eine harte Probe gestellt. Sie sollten nämlich nachzählen, wieviele sie waren. Sie wussten, dass sie sieben waren, als sie von Hause weggingen, aber keiner von ihnen - wer auch zählte - konnte auf mehr als sechs kommen.

Derjenige, der zählte, vergass nämlich jedesmal sich selbst. Als sie lange darüber nachgedacht hatten und nicht mehr als sechs herausbekamen, jedoch auch keinen vermissten, baten sie den Küster, der des Weges daher kam, um hilfe. Er fand einen grossen weichen Kuhfladen und sagte zu ihnen, dass sie sich im Kreis darum legen, die Nasen hineinstecken und nachher die Löcher zählen sollten. Und das taten sie - und jetzt konnten sie alle zählen, dass es sieben Löcher waren.

DER SOLDAT UND DIE KANONE

Ein Mann aus Mols war zu den Soldaten einberufen worden, und nach beendeter Rekrutenzeit wurd er als Posten neben eine Kanone, die auf einem Feld stand, beordert. Nachdem er dort eine gute halbe Stunde gestanden hatte, begann er sich zu langweilen und beschloss zu untersuchen, zu welchem Zweck er eigentlich auf Posten stand. Er ging daher zur Kanone und versuchte sie anzuheben. Da das sich jedoch nicht machen liess, ging er ganz beruhigt seiner Wege.

Einige Zeit später vermisste der diensthabende Offizier die Wache und fand den Soldaten nach längerem Suchen gemütlich im Wirtshaus sitzend. “Was zum Teufel fällt Dir ein,” rief er verwundert, - “warum hast Du Deinen Posten verlassen?” “Ja, Herr Offizier,” antwortete der Soldat ganz ruhig, “ich habe versucht, die Kanone anzuheben und weiss genau, wenn einer kommt, dann kann er sie doch nicht wegtragen, und kommen mehrere, dann kann ich mich alleine doch nicht gegen sie wehren.” Diese Geschichte jedoch kostete den guten Mann aus Mols einige Tage Aufenthalt bei Wasser und Brot.

DIE FREMDEN BEINE

Ein Mann aus Mols, der aus einem besonderen Anlass sein bestes Zeug trug, kehrte aus Ebeltoft zurück, wo er einen über den Durst getrunken hatte. Unter dem Einfluss der einschläfernden Sonnenwärme legte er sich auf den Weg, um auszuruhen und schlief bald ein. Während er schlief kam ein armer Handwerksbursche vorbei, und als er die schönen neuen Strümpfe des Mannes sah, verspürte er Lust, einen Tausch vorzunehmen, da seine eigenen sowohl schmutzig als auch zerrissen waren. Mit Vorsicht zor er dem Schlafenden die Strümpfe aus und zog ihm seine alten an, worauf er lachend weiterwanderte.

Kurz darauf kam ein Mann gefahren, und als er den Schlafenden mit den Beinen über die Radspur ausgestreckt liegen sah, rief er ihm zu: “Nimm Deine Beine weg, sonst fahre ich darüber.”

Der Mann aus Mols erwachte, hob den Kopf und schaute auf seine Beine. Als er jedoch die alten zerlumpten Strümpfe sah und genau wusste, dass Mutter daheim ihm morgens ein Paar neue weisse angezogen hatte, blieb er ruhig liegen und antwortete: "Fahr nur ruhig zu, bester Mann, das sind nicht meine Beine!"

DAS WEIZENBROT

Klüger und mutiger war jedoch ein Mann aus Mols, der ein Weizenbrot auf dem Wege fand. Da er noch nie ein solches gesehen hatte, war er anfangs bange davor, es zu berühren. Da es sich jedoch nicht bewegte, wurde er allmählich so mutig, dass er es in die Hände nahm, und nachdem er es einen Augenblick genauer betrachtet hatte, erdreistete er sich sogar so weit, dass er hineinbiss. Er bemerkte, dass es essbar war und sagte zu seinem Begleiter: "Hätte ich nur Brot dazu, würde ich es wohl essen."

DER DURSTIGE BAUM

Einige Leute aus Mols kamen einmal an einen Teich, wo ein Baum stand, dessen Zweige über dem Wasser hingen. Das erstaunte sie sehr, aber sie dachten, dass der Baum durstig sein müsste, weil er sich nach dem Wasser reckte. Sie hatten Mitleid mit dem Baum und beschlossen, dass sie ihm beim trinken helfen wollten, indem sie die Zweige hinunter ins Wasser zogen. Sie konnten jedoch leider nicht hinaufreichen. Schliesslich fanden sie einen Ausweg. Einer von ihnen sollte auf den Baum klettern und sich an einen Zweig hängen, ein anderer sollte sich dann an seinen Beinen festhalten, ein dritter wiederum an seinen und so fort.

Auf diese Art bildeten sie sozusagen ein Tau, das den Baum ins Wasser hinunterziehen konnte. Als sie sich nun nach einiger Zeit alle aneinander festhielten, taten dem Mann, der den Zweig festhielt, plötzlich die Hände weh. Er rief den anderen zu: "Wartet einen Augenblick, ich muss eben mal in die Hände spucken." Er liess mit beiden Händen los, und platsch fielen alle ins Wasser.

LUNDSGAARD

DER BRIEFKASTEN

Als der erste Briefkasten mit seiner Aufschrift in Ebeltoft aufgehängt worden war, begab sich ein Bewohner mit einem Brief dort hin, warf ihn zusammen mit einer Mark für das Porto in den Kasten, hielt den Mund an die Offnung und sagte: “Hier ist eine Mark, darf ich bitte 10 Schilling zurückhaben.” Er glaubte nämlich, dass jemand in dem Kasten sässe, wie an den Schaltern.

Als er nun sein Geld nicht zurückerhielt, nahm er an, dass man vielleicht kein Wechselgeld hätte und jemanden geschickt hätte, um Kleingeld zu besorgen.

Als er jedoch ungefähr eine Stunde vergeblich gewartet hatte, wurde er ärgerlich und sagte “Hier trifft noch alles zu wie in Lars Mathiesens Rechenbuch, aber mich werdet Ihr nicht noch einmal zum Narren halten.” Darauf ging er seines Weges, ebenso schlau wie er gekommen war.

DIE STREICHHÖLZER

Die Leute aus Mols sassen eines Abends im Wirtshaus, und als etwas in einem dunklen Zimmer nebenan ihre Aufmerksamkeit erregte, beschlossen sie, hineinzugehen.

Im selben Augenblick stiess einer das Licht um, und es erlosch. Sie besassen nur zwei Streichhölzer, und als sie diese hervorholten, verloren sie das eine. Da nahm der Besitzer des Streichholzes ganz ruhig das zweite und strich es an, um das verlorene zu finden.

Nach einigem Suchen entdeckten sie es in einer Wasserlache liegend, und das angezündete Streichholz war inzwischen abgebrannt. An dem Abend sassen die Leute aus Mols im Dunkeln.

DIE BLUTWURST

Ein Mann aus Mols hatte ein Schwein geschlachtet, und seine Frau hatte Blutwürste gemacht. Zufällig war eine Wurst hinter eine Truhe gefallen, wo sie liegenblieb, da keiner es bemerkt hatte. Als die Wurst dort einige Zeit gelegen hatte und feucht geworden war, wurde sie zottelig und ganz und gar schimmelig.

Eines Tages bat die Frau ihren Mann, ihr zu helfen, die Truhe von der Wand zu rücken. Indem sie die Truhe wegschoben, erblickten sie die Wurst und hielten sie für ein merkwürdiges Tier. Erschrocken liess der Mann die Truhe los und lief zu seinen Nachbarn und erzählte ihnen, dass sich ein schreckliches Tier in seinem Haus befände, und er bat sie, ihm zu helfen, es zu töten.

Einer bewaffnete sich mit einer Heugabel, ein anderer mit einer Axt, ein dritter mit einer Mistgabel, und so ausgerüstet begaben die tapferen Männer sich auf die Jagd nach dem widerlichen Tier. Als sie jedoch das Ungeheuer gesehen hatten, wagten sie nicht darauf loszugehen. Sie blieben in sicherer Entfernung hinter der Tür stehen und stachen mit ihren Geräten danach, während sie vor Angst schwitzten.

Plötzlich lief der Hofhund zwischen ihren Beinen hindurch in die Stube, wo er im Nu die Wurst schnappte und auffrass. Und da entdeckten die Männer beschämt, dass es nur eine verschimmelte Wurst gewesen war.

ER FRASS KEIN FEUER

Ein alter Bauer aus Mols sollte einst einen vornehmen Herrn fahren. Dieser zündete sich eine Zigarre an und begann zu rauchen. Dieses wiederum hatte der alte Bauer aus Mols noch nie gesehen, und er schielte deshalb jeden Augenblick ängstlich nach der Person hinter ihm.

Da glaubte dieser, dass der Alte auch gerne eine Zigarre rauchen wolle und bot ihm eine an. Doch der Bauer sagte: "Nein, besten Dank, Herr Teufel! Ich fresse kein Feuer!"

DIE SONNENUHR

Die Leute aus Mols kauften einmal eine hübsche Sonnenuhr als Geschenk für ihre Obrigkeit, damit man immer sehen könne, wieviel die Uhr sei. Sie liessen sie vor dem Rathaus in Ebeltoft aufstellen.

Da es jedoch währenddessen anfing zu regnen, befürchteten sie, dass der blanke Sonnenring durch den Regen Schaden nehmen würde, und sie beschlossen, ein Schutzdach darüber zu bauen. Das taten sie, und der Sonnenring blieb schön blank; sie konnten jedoch nicht begreifen, woran es lag, dass die Sonnenuhr niemals zeigte, wie spät es war.